あなたのための短歌集

木下龍也

本書のもととなる「あなたのための短歌1首」は、
歌人・木下龍也による短歌の個人販売です。
依頼者からメールで届くお題をもとに短歌をつくり、
便箋に書き、封書にして届けます。
制作した短歌を、歌人は記録として残さず、公開もしない。
依頼者は購入した短歌をどのように使っても構いません。

4年間で生まれた約700首から、
本書のために、依頼者からご提供いただいた、
100首を収録しました。

100人の100のお題とともにご覧ください。

右は「お題」です。左は「短歌」です。

001

自分を否定することをやめて、一歩ずつ進んで
いくための短歌をお願いします。

きつく巻くゆびを離せばゆっくりときみを奏でてゆくオルゴール

002

好きな人に告白するか迷っています。この気持ちを
短歌にしてください。

そのラブレターに足りないのは勇気という唯一買えない切手

003

教室を生き抜くための短歌をください。

違いとは間違いじゃない窓ひとつひとつに別の青空がある

004

漫画に携わる仕事をしています。自分の人生を肯定してくれる短歌をお願いします。

読み終えて漫画の外にいるきみもだれかを救う主人公だよ

005

私は梅雨の時期に生まれました。雨が好きで、雨の短歌を詠んでいただきたいです。

部屋にいる以外をしない雨の日の炎のようなあなたの寝癖

006

同棲を始めて3か月が経ちました。生活もふたりの関係もマンネリになっているのをお互いに何となく感じています。恋とか愛とか、やっぱり難しいです。それでも、結婚やその先の生活など未来に前向きになれるような短歌をお願いします。

適温の愛を見つけたぼくたちは燃え尽きることなく抱き合える

007

イラストレーターをしています。私からのお題は「風とおしの良い」です。

ぬりたての絵を風という観客がよろこびながら乾かしてゆく

008

海のない県に住んでいます。潮の匂いがするような、
でも少しこわい短歌をお願いします。

エアコンの壊れた部屋で兄さんと海の匂いの部位を見せ合う

009

私は短歌をつくっています。これからも続けていけるよう、また、生きていくうえでもやさしい気持ちあたたかい気持ちになれる、お守りのような短歌をお願いします。口ずさみやすく、花の名前が入っていたらうれしいです。

あさがおを通過するたびきれいってつぶやくきみと行間をゆく

010

人は生まれた時から、もしかすると生まれる前から不平等だと思います。でも、不平等だからこそ生きたいと思えるような短歌をお願いします。

大きさも深さも違う花瓶にはそれぞれ似合う一輪がある

011

もうすぐ27歳になります。母が結婚した年齢です。仕事のキャリアも積みたい、いつかは結婚もしたい、子どもも欲しい。ぜんぜん時間が足りません。誕生日はタイムリミットが近づくみたいで、昔のように楽しみではなくなりました。誰かに愛されたいけどそんな大層な人間じゃない。こんなひねくれた独り身へ、お誕生日のお祝いをお願いします。

お手本を見終えたきみは卓上でもっとも上手くケーキを食べる

012

お題は「誕生日」でお願いします。

とぅ～ゆ～♪のあと訪れる暗闇で再起動する日々の死にたさ

013

お題は「幸せな犬」です。犬たちと暮らしてきた実家を出てから、犬を飼って、世界一幸せにすることが、私の人生の目標でした。ちょうどこれを書いているいまは、犬を迎える3日前です。

人間へ　食べものよりもきみが好きな日もたまにはあるよ。　犬より

014

お題は「向日葵」です。晴れ渡る空の下、咲き誇る向日葵よりも、どこか不気味さを感じさせるような向日葵に私は魅力を感じています。

曇天の下で素顔の向日葵に取り囲まれて帰れなくなる

015

病床の祖父が、とうとう私の顔と名前を忘れてしまいました。行こうと言ってくれた旅行の計画をサボっている間にもう立てなくなっていたこと。私は思い出せることも、祖父は何ひとつ思い出せないのが悔しいです。この悲しさを短歌にしてください。

どなたって戸惑う祖父を抱きしめたかなたで思い出してほしくて

016

特別に幸せでなくてもいい、平凡でありきたり
だけど穏やかな暮らしがしたいという気持ちを
短歌にしてください。

ゆらしてもそめても君という海がかならずとりもどす凪と青

017

お題は「青」でお願いします。

リステリンクールミントをジオラマに注げば鉢ヶ崎の夏の日

018

私は毎年、地元北海道で開催されるロック・フェスティバルに参加していました。熱中症になりそうなほどの日中の暑さも、夏とは思えない北海道の夜の冷たい風も、ライブが始まればすぐに忘れ、目の前のミュージシャンへ夢中になっていました。今年は感染対策をして開催されるそうですが、看護師として働いているため、参加できそうにありません。このままでは私の夏は始まらないし終わりません。フェスに行けないこの夏を乗り切れる希望を持てるような短歌をお願いします。

真夜中の最前線で祈る手をいつかみんなで夏に掲げる

019

愛はできる限り比べることのない絶対的なものであってほしい。相対的な評価で愛されるのは不愉快です。絶対的な愛を短歌にしてください。

服を脱ぐたびにあなたは神様を辞めてわたしの獣になった

020

私の好きな人には彼女がいますが、私とも年に数回デートをしてくれます。私が一方的に大好きなだけで報われることはないと分かっています。楽しかったデートの話を誰かに聞いてほしいけれど友人には話せません。短歌にしていただくことで、この恋に踏ん切りがつかないだろうかと思っています。

ごみ箱を決して部屋の中心に置かないきみのまじめさが好き

021

お題は「緑色」か「ワンピース」、もしくはその両方でお願いします。昨年の夏に失恋してから、大好きな緑色のワンピースを買いました。まだ見せたい人は見つからないけれど、またいつか。

ひとり占めさせてあげますとびきりの緑のワンピースのわたしを

022

中学校の同級生で同じ吹奏楽部だった人に片想いをしていました。時を経てその人と結婚をすることとなりました。これからのお守りになるような短歌をください。

五線譜にふたりで乗せてゆく音がぶつかりながら旋律となる

023

先日、入籍をしました。コロナ禍で式や同居もすぐには出来ず、憂鬱になる日もありますが、前向きに乗り越えていきたいと思います。「楽しい夫婦生活」で短歌をお願いします。

山を越え「ふう」と漏らしたため息にあなたが「ふ」って笑いを添える

024

初めての子どもが生まれました。「愛」といいます。
この子の名前にちなんだ短歌をお願いします。

ふくらみに愛と名付けたあの日からつまずいたって父親である

025

2人目が生まれたばかりです。毎日家事に育児に大変で「自分は母親に向いていないのではないか」と悩む日々です。前向きになれる短歌をお願いします。

まだ生まれたての母性をゆっくりと子の成長とともに育てる

026

結婚して3年目、もともと子どもはそんなに好きではありませんでしたが、友達の子と触れ合ううちに可愛いと感じ、自分の子が欲しいと思うようになりました。現代は本当に大変な世の中だと思います。こんな世界に生まれた子は幸せになれるのだろうかと悩むときもあります。未来に希望が持てる短歌をお願いします。

いじわるな星だとしても母さんがそこにいるなら生まれてみるよ

027

自分の名前「あかり」で短歌をお願いします。親が「あかるい子に育って欲しい」とつけてくれました。

君が死後まず目指すのは僕の待つ部屋のあかりでありますように

028

自分の名前の漢字がとても気に入っています。名前の一文字「衣」を使った短歌をお願いします。

更衣室から出たきみが照れながらゆっくりまわる夏のまんなか

029

お題は、私の名前の「さくら」です。

さくらって呼ばれるたびに突風であなたへ散ってしまいたくなる

030

いつも一歩を踏み出すことができない、私の背中を押してくれる短歌をお願いします。

こわがりな心の花に陽をあてるために身体をもらったんだよ

031

23歳になります。もうすぐ終わる「22歳」をお題に
短歌をお願いします。

年齢の欄で静かに泳ぎだす2羽のアヒルよ、　さむくないのか

032

お題は「卒業と就職（新生活）に向けて」です。勉強してきたことに後悔はしていませんが、これからに対しての不安な気持ちがあります。そのことを歌にしてもらいたいです。

飛び方を教えてくれてありがとう空はこんなに重いんですね

033

現在、就活をしており、進路に悩んでいます。学んできた理系分野を活かすか、気になる出版関係や書店関係に行くか悩みます。とはいっても、そもそも受かってもいないのに悩んでいるのも変だと更に悩んでしまいます。決めることが苦手で、研究室選びでも吐くくらい悩みました。決めて、ダメだったら修正していけばいいと分かっていても、踏み出すことが怖いです。今後の人生でも、たくさんの選択で悩んでしまう予感がしています。そんな時に自分は大丈夫だと思えるような短歌をお願いします。

「悩む」とは想像力に火をつけて無数の道を照らすことです

034

私は春から新社会人になりました。まだまだできないことが多く、よくミスもしてしまいます。今後、自分自身がうまく仕事ができるのか、職場で良い人間関係を築いていけるのか、そもそもこの仕事に向いているのかなど、毎日たくさんの不安に押しつぶされそうになっています。今はこんな自分ですが、自分だけでなくまわりの人も幸せにできるような、未来への希望と勇気を持てる短歌をください。

きみがいまつまずきながら描いている地図は未来でだれかを救う

035

大学を卒業し、社会人一年目となりました。慣れない環境で覚えることも多いですが、初任給で「あなたのための短歌1首」を買うことを目標に頑張ってきました。お題は、名前にも使われている「春」でお願いします。

「は」と打てば春のとなりにきみの名が芽を出している予測変換

036

東京に来て、友達もあまりいなくて、仕事も慣れず、一人暮らしも初めてで、何よりも大好きな彼氏と会えないのがすごく寂しく、拠り所がありません。救いとなる短歌をください。

方言にときどき混じる東京の言葉をきみが笑ってくれる

037

最近ずっともやもやとした悩みを抱えています。
励みになるような短歌をいただきたいです。

いつからか頭のなかで飼っている悩みがついにお手を覚えた

038

いま飼っている犬、かつて飼っていた犬、そして、実家の病気になっている老犬たち。私は犬をすごく愛していますが、その分、いつかやってくる別れのことを思うと、胸がつぶれそうなほどに寂しくて恐ろしくて仕方がないです。そんな私のお守りとなる短歌をください。

愛された犬は来世で風となりあなたの日々を何度も撫でる

039

最近、夜、寝ようとするとき、静かな空間に響く自分の心音を聴くと、どうしても死ぬ時のことを考えてしまって怖くなります。上手く言えないのですが落ち着くことができる短歌がほしいです。

日だまりの菜の花の絵を描くためにひとりの夜の色を集める

040

頑張らなくてもいいんだよと思える短歌をお願いします。

もがくほどしずむかなしい海だから力を抜いて浮かんでいてね

041

とても大切なやり場のない気持ちを、供養する思いでエッセイを書きました。そのエッセイをお題として、短歌を詠んでください。

受け皿もなくあふれては流される愛は九月の川に似ていた

042

私は容姿も内面も、何に対してもネガティブな自分のことがずっと好きになれずにいました。でも一つだけ、絵の活動を始めてからは覚えてもらいやすい自分の名前を少し好きになれました。子どもの頃はまわりと違って変わっていると思って嫌いでした。自分のことがこれからも少し好きでいられるように、名前の文字を使った短歌をお願いします。

月の絵がきみの頭で欠けていてきみがお辞儀をするたび満ちる

043

お題は「絵本」でお願いします。

この夢の由来はきっと母さんに読んで読んでとせがんだ絵本

044

お題は自分の名前に入っている「織」の一文字です。

君という紙飛行機に与えたい遠く飛ばないための織り目を

045

すぐに悲しくなったりつらくなったりして、楽しい日々があることを忘れてしまいます。憂鬱に飲み込まれているときでもひかりを思い出せるような短歌をお願いします。

かなしみは寒がりだからすぐきみの胸の暖炉に集まるんだね

046

お題は「オムレツ」でお願いします。

崩壊と崩壊の間にオムレツというひとときの成形がある

047

お題は「鶏肉」でお願いします。

ささみ・むね・もも・すね・てばにわけられて天国でまたにわとりになる

048

お題は「たこ焼き」です。夫と付き合ってから食べるようになった思い入れのある食べ物です。

恋人はノアの手つきでうつくしいたこ焼きだけを舟皿に盛る

049

バナナが好きな娘（現在、１歳７か月）が将来、
落ち込んだときに読み返す短歌をお願いします。

実家にはいつもバナナがある　きみがふいに帰ってくる日のために

050

お題は「20年ぶりの邂逅」です。

二十年前の記憶の静止画を持ち寄り冬の映画をつくる

051

魔法という言葉が昔から好きです。「魔法使い」をお題に短歌をお願いします。

燃えているようで溺れているようであなたのキスは魔法でしたね

052

長い間、片想いしていた相手がいます。もう前に進もうと決めました。背中を押してくれるような短歌をください。

ふりむけば君しかいない夜のバスだから私はここで降りるね

053

年齢差のある、遠く離れたところにいる方とお付き合いをしています。ただ、時々この関係の終わりを考えてしまいます。自分の感情の整理がつかず、すべてが不安になります。彼の人生を奪っているだけなのではないか、もやもやとしてどうしたらいいのか分からなくなります。こんな私に短歌をください。

きつく抱きしめてわたしの胸に吹くつめたいすきま風をとめてよ

054

先日、長く想いを寄せていた人に会いました。数年前に会った時とは、服装も表情も何もかも違っていて、記憶の中の姿と今の姿を上手く繋げることが出来ませんでした。遠い地で働くために地元を出ると告げられた時にも、不思議なくらい寂しさは湧いてきませんでした。あんなにも会いたいと思っていたのに。いつの間にか偶像崇拝のような恋をしていたのか、消化不良の想いは行き場を失ってやすやすと風化してしまうものなのか。ぽっかりと穴が空いたような苦しさが胸にあります。どうか、息が吸いやすくなるような、そんな短歌をお願いします。

風化ではなく風景になったのだ。あの日の彼もあなたも遠く。

055

「生まれかわる」で短歌をお願いします。

水滴をまとうトマトが思い出す人間だったころの戒名

056

人生、みちくさばかりしています。

みちくさの途中で気付く　どの道の先にもさようならしかない、と

057

お題は「迷子」でお願いします。

捨てられたことに気付いた空き缶が迷子のような動きをやめる

058

犬との散歩が楽しくなる短歌をお願いします。

さんぽ、
ってきこえるたびにうれしくて犬のしっぽはいそがしくなる

059

私はレズビアンで、仕事は保健師をしています。急にＬＧＢＴフレンドリーを打ち出す情勢を厭世的に見て、毎日小さな不安を抱えつつ、その中でさらに小さな幸せを積み重ねて生きています。私の名前を含んだ、短歌をお願いします。

ほっといてくれ地図にない果樹園がふたりの甘いふる里なんだ

060

ダンスインストラクターをしています。先日、アキレス腱断裂という大怪我をしました。職業柄、仕事は減りました。そんなに落ち込んでいるわけではありませんが、励ましとなる短歌をお願いします。

音を止め心の声を聴くために神があなたへくれた休息

061

私は臨床心理士をしています。かなりしんどいです。
でも、この仕事を頑張っていきたいという気持ちを
支えてくれる短歌がほしいです。

透明な都市のどこかの一室で膝をかかえる子を見つけだす

062

銀行に勤務しています。「銀行」をお題に短歌をお願いします。

6桁に変換された社会的価値を口座が教えてくれる

063

介護の仕事をしています。時々この仕事が自分に合っているのだろうかと考えてしまいます。仕事へのエールとなる短歌をお願いします。

きれいごとばかりではない朝焼けのなかできれいに拭く車椅子

064

部署異動することが決まり、仕事内容ががらっと変わることになりました。今は生産管理をしていますが、異動先は商品企画です。もともと人見知りで新しい環境になること自体も不安ですが、まったく経験のないクリエイティブな仕事が自分にできるのかとても心配です。まわりが応援してくれるので期待に応えたいのですが、気持ちがしんどいです。新しい仕事をがんばるためのお守りになる短歌をお願いします。

アイデアは恥ずかしがり屋さんだからひとりの夜にふと降りてくる

065

私は本にまつわる仕事をしています。私のおすすめした本が、誰かの心に月あかりのように灯ってほしい。こんな思いでしている日々の仕事を、短歌にしていただきたいです。

見開きにひかりを受けるとき本は手元に灯るふたつめの月

066

本が好きな人、図書館が好きな人が、好きです。
暮らしの中に図書館のある風景を描いた短歌を
お願いします。

図書館という売り買いのない凪で本もあなたも羽を休める

067

大人になり、それなりに働きそれなりに恋をしてそれなりに過ごしてきた中で、やっぱり私は言葉が好きで言葉が嫌いなんだということを実感しています。私がお願いしたいお題は「言葉」です。

抱き合っていても背中は空いていて愛は人間よりも大きい

068

私の名前にある「鳥」に関する言葉を入れて、短歌をお願いします。私は来年の春から、ずっとなりたかった中学校の国語の教員になります。俳句や短歌が好きで、それを通して言葉の魅力を伝え、生徒の気持ちに寄り添える教員になりたいと思っています。赴任先はこれから決まります。今は、どこで働いてどんな子たちに会えるのかとドキドキとワクワクが半分半分で過ごしています。

背を向けて板書しながらあなたにも翼があると教える仕事

069

私とピアノについての短歌をお願いします。小さい頃からピアノを習い、音大まで進みピアノ講師になりましたが、一度すっぱりやめたことがありました。しばらくは練習もせずに他の仕事をしていましたが、「やっぱりピアノで音楽と関わっていたい」と思うようになり、今またピアノの仕事に復帰しています。

おかえり、とピアノは鳴った生活の調律を成し遂げたあなたに

070

ヴィオラという楽器を弾いています。好きなことを仕事にできている喜びの反面、色々なことに心が振り回されています。コロナ禍となってから、芸術家に対する心ない人の冷たい声に傷つきもしました。賃金も安く、生活が安定しているとは言い難いです。しかし、演奏会で聴きに来てくださったお客様が、心が洗われて明日からまた頑張れるよと言ってくださったりすると、本当に音楽をやっていてよかったと涙が溢れてきます。この先ずっと自分の内面に悩んだり、生活苦やまわりの声に傷ついても、それでも自分の中の情熱や純粋さを失わないために、私の音楽家としての灯や道標となってくれる短歌をお願いします。

手で支えながら音色に支えられ双子のようなあなたとヴィオラ

071

好きなものや好きな人をずっと大切にできる、
やさしい祈りのような短歌がほしいです。

宝箱あけっぱなしにしておくよこわれたままで帰ってきてね

072

恋愛や結婚など、20代後半となって、焦りだけでもない複雑な気持ちを綴った日記を添えました。自分を慰め励ましてくれるような短歌をお願いします。

ゆっくりと翼を手入れした君はどんな風でもきれいに乗れる

073

私は他者から何かを要望されたときに断るのがとても苦手で、自分が本当は納得していないことでも、受け入れてしまうことが多いです。でも、いざ実行するときにはとても後悔して、半べそをかきながら臨むことが多々あります。自分にとっても相手にとっても不幸な時間をつくっているなと思います。「嫌われたくない」「いい人でありたい」といった雑念が消えて、自分の意思を伝えられるようになるための短歌がほしいです。

ケバブ屋のようにほほえみ望まれるままにわたしを削ぎ取るわたし

074

お題は「一輪挿しの花」です。

細長い花瓶のために一輪は葉を落とされて立ったまま死ぬ

075

高校で美術の先生をしていますが、学校が好きではありません。これからも頑張って働いていけるような、勇気をもらえる短歌をお願いします。

先生は光の当たらない面を見つめるための時間をくれる

076

自分の名前でもある「花」で短歌をお願いします。

花束をかかえた君は手を振れずさよならにただうなずいていた

077

人間関係で精神的に病み、高校を辞めました。
気持ちを新たに一歩踏み出すための節目となる
短歌をお願いします。

窓の外ばかり見ていた教室のひかりではなく日を浴びたくて

078

まっすぐ生きたい。それだけを願っているのになかなかそうできません。まっすぐに生きられる短歌をお願いします。

「まっすぐ」の文字のどれもが持っているカーブが日々にあったっていい

079

つい夜の活動時間のほうが長くなってしまいます。夜型であることは怠慢のように思われることも多いです。これからも胸を張って夜型でいられるよう、勇気づけられる短歌をお願いします。

これからへ続く線路の点検は無数の夢の外で始まる

080

お題は「夜」でお願いします。

夜用の鍵、ささやく少女から少年の手に渡る金槌

081

「宇宙」でお願いします。私は谷川俊太郎さんの『二十億光年の孤独』という詩集が好きで、そこには谷川さんならではの宇宙に関する言葉が多く使われています。木下さんの宇宙に対する短歌に興味があります。

宇宙とは膨張のみをプログラムされ置き去りにされたみなしご

082

お題は「廃墟」でお願いします。

どの窓も割れているからあたたかくしてぼくという廃墟においで

083

お題は「雪」です。雪が降っている日に生まれ、名前にも入っています。自分にとって特別な一文字です。

きみという雪原をゆく足跡はぼくが最後でありますように

084

大好きな家族を失ってしまうことが怖いです。家族といる今が楽しければ楽しいほど、先のことを考えて辛い気持ちも大きくなります。いつかくるその日のために、こういった悲しい感情もすべて包んであたたかな思い出としてくれるような、再び歩き出す力となる、そんな短歌をいただきたいです。

死者たちは重石《おもし》をくれる大切なあなたが追ってこないように、と

085

未来の自分へ言いたいことを書き出しました。10年後の私に宛てた短歌をお願いします。10年後に引くおみくじみたいに楽しみたいです。

うつくしい思い出になる10年を不安に歩く私でしたね

086

実家には、私が中学生のときに飼いはじめた犬がいます。15才の老犬です。大学生で一人暮らしを始めるまでは、いつも散歩や就寝を共にしていました。家を離れて働いている私が犬に会えるのは半年に一度ほどです。会うたびに老いを増していています。こないだ会ったときは、私のことを忘れてしまったようでした。いつもなら、しっぽを振って迎えてくれるところを、吠えられ、噛みつかれてしまいました。噛みつかれた悲しみや驚きより、お別れが近づいていることが受け入れ難く、心を重たくさせています。もっとしてやれたことがあったのでは、と考えては涙を流してしまうのです。どうかこんな私を慰める短歌をお願いします。

習性として老犬は大切なきみを記憶に埋めて隠した

087

名前の一字である「萌」でお願いします。

キスのときくさかんむりを外されて明かりが胸の奥に萌え出す

088

7年お付き合いした男性に振られ、数か月が経った
いまも忘れられず引きずっています。なんとか前を
向くために、救いとなる短歌をお願いします。

あなたの死ではなくあなたの恋の死をあなたの声で聞けてよかった

089

7年間思い続けてきた方と一夜をともにしました。相手は既婚者で、友人にはもう会わないほうがいいと言われましたが、その人だけを愛し続けていくことは変わらないです。この夜だけを思い出に独りで生きていくための準備をしないとな、と考える日々です。

一晩できみの一生分の火を捧げてしまうおろかさも恋

090

その人は、すごくきれいな目をしていました。その目をまっすぐ見つめるチャンスを狙っていた私を、表情ひとつ変えずに「誰のことも愛せないから」とあしらっていたのが今でも思い出されます。男性でいながら男性が好きであることを、彼は悔やんでいるようにも見えました。そもそも人を愛せないということを静かに受け入れようとしていた彼を、浅はかな私は「好き」と伝えることで追い詰めたと思います。会うことはなくなりましたが、それでもこの恋を何とか思い出にするために、彼のことを題材に短歌をお願いします。

後悔と苦悩を乗せた紙の舟だからあなたの手は握れない

091

短歌をお店で提供するドリンクの名前にしたいと思います。お題は「恋の終わり」でお願いします。

かんたんにひらいてしまう思い出のつぼみを根ごと枯らせてほしい

092

今まで恋愛で振り回されることが多かったのですが、私のことをとても大切にしてくれる方に出会えました。安定した幸せが続いていて嬉しい反面、逆にそれが不安にもなります。この少しそわそわするような幸福感を短歌にしてください。

足のつくことに戸惑うこれまでは溺れるだけの海だったから

093

いつか、違う名字になるかもしれません。いつでも、今の自分の名前を思い出して抱きしめられたらいいなと思っています。私の名前で短歌をお願いします。

北へゆく鳥がわたしの言語野に「さみしい」というひかりを灯す

094

人生のどん底にいる人へ、一筋の光のような希望を与える短歌をつくってほしいです。将来、夢を叶えられなくて絶望したり、大切な何かを失ったりしたとき、生きていくために口ずさめる歌がほしいです。

絶望もしばらく抱いてやればふと弱みを見せるそのときに刺せ

095

父の葬儀のときに、私が読んだ「おわかれの言葉」を添えました。亡き父の思い出として、短歌をお願いします。

やや素直すぎた弔辞の感想をいつかひかりのなかで聞かせて

096

お題は「ムーミン」でお願いします。私が大切にしているムーミンのぬいぐるみは、気持ちのいい手ざわりと可愛らしい姿でどんなときも私を癒してくれます。ムーミンをぎゅっと抱きしめている時間が大好きです。

かなしみに正比例して伸びてゆくムーミンを抱く時間の長さ

097

たま、という名前のハムスターを飼っています。球体みたいに眠る姿と多摩川のそばに住んでいることなどが由来です。先日1歳になったのですが、寿命の短い生き物なので、この子はあと1、2回しか誕生日を迎えないのかと思い、祝うことが不思議になりました。たまの1歳記念の短歌をお願いします。

たま、そんな小さな足で一生の大半をもう駆けてきたのか

098

お題は「白い犬」でお願いします。

薄闇の出口のように庭先でお座りをしている白い犬

099

お題は「12月」でお願いします。私にとっての12月は自分の誕生月であり、祖母と夫と長男の誕生月でもあり大好きなクリスマスがあり、年末の忙しさとともに楽しい大切な月です。

しあわせをひとりひとりに配り終え手ぶらで去ってゆく十二月

100

生きたいと思えるような短歌をください。

君という火種で燃えるべきつらくさみしい薪があるんだ、
おいで。

あとがき

「あなたのための短歌1首」を始めたきっかけはふたつある。

ひとつは2012年、短歌を始めて間もないころに購入したナナロク社の「ポエメール」だ。期間限定の企画で、詩人の谷川俊太郎さんの詩やメッセージが、半年の間、毎月封書で自宅に届くというものだった。わくわくしながら封筒を開き、様々な紙質や形のアイテムをひとつひとつ机に並べたときの心の震えをいまでもよく覚えている。

もうひとつは、歌人の枡野浩一さんの「名前短歌」だ。購入者の名前を詠み込んで短歌をつくり、メールで納品するというものだった。僕が「名前短歌」を知ったのは2013

年で、知人が購入し、喜んでいるのを端から眺めていた。僕自身は枡野浩一さんに短歌をつくっていただくなんて恐れ多くて購入できなかったが、歌人が個人で自由に短歌を販売する姿に憧れを持っていた。

そして2017年、「ポエメール」と「名前短歌」をかけあわせて生まれたのが「あなたのための短歌1首」という短歌の個人販売である。依頼者からメールでお題をいただき、短歌をつくり、便箋に書いて封筒で送る。お題は名前に限らず、なんでもいいことにした。依頼者が購入した短歌をどのように使うかも自由だ。そして、「あなたのための」と名付けた以上、その短歌を僕自身は記録としても手許に残さない、当然、公表もしないというルールを決めた。送ったあとの短歌と再会できるのは、依頼された方のSNSで短歌が紹介されているのをたまに見るときぐらいで、「あなたのための短歌1首」が歌集になるとは想像すらしていなかった。

本書『あなたのための短歌集』が生まれるきっかけとなったのは、東京の高円寺にあるギャラリーで開催した、ナナロク社主催の「あなたのための短歌展」である。２０２０年9月1日からの13日間、毎日2人、直接またはオンラインで依頼者と対面し、15分ほどお話を聞いたあと、約1時間で短歌をつくる。ここでつくった短歌は、要約した「お題」とともに、展示されていく。短歌をつくっている僕自身も展示物として公開されていて、ナナロク社の村井さんにもほぼ毎日付き添っていただいた。期間中は、これまで出会うことがなかった依頼者と話し、短歌を手渡した際の反応も目にすることになった。いくつもの印象的な場面にも遭遇した。公開を前提としていたため、同年の11月に出版した『天才による凡人のための短歌教室』の巻末にも26首すべてが収録されている。展示の最終日、帰り道で村井さんから「あなたのための短歌1首」を本にしたいという打診をいただいた。秋は近づいていたがまだ暑く、ふたりとも半袖だった。

「あなたのための短歌1首」の性質上、歌集としてまとめるのは難しいだろうと思った。短歌は一首も手許に残していないので、本に収録するには、依頼者からあらためて短歌を提供してもらう必要がある。なにより、非常に個人的な短歌だ。でも、展示された短歌に、依頼者ではないお客さんまでもが涙している光景を短歌展の会場で僕はいくつも見た。ふりかえってみれば僕もそうだったのだ。短歌を始めるまえに、本屋さんで初めて歌集を開いたとき、そこに書かれているどの一首も、僕のためにつくられたわけではないのに、僕のために書かれたものであるかのように記憶し、お守りにしていた日々があったのだ。「あなたのための短歌1首」は、あなた以外のあなたのためにもなるのかもしれない。そう思って、僕の心は揺れたが、懸念はまだほかにもあった。

数か月悩んだ末に、印税を受け取らないという条件で歌集の刊行を決めた。短歌への対価は依頼者からすでに受け取っているので、それ以上の金額を同じ短歌で受け取るのは不誠実に思えたからだ。「だからといって、印税分が出版社の儲けになるのも困ります」と村井さんに言われ、話し合いの結果、本書の印税に相当する金額を、全国の本屋さんで様々な歌集を購入する費用に充てることにした。その歌集は短歌の普及のため、希望する施設に寄贈する。

「あなたのための短歌1首」のお題はひとつとして同じものがない。それだけ人生が多様であるということだろう。大切な人との死別、結婚、離婚、出産など、僕自身が経験していないことや、経験できないことについてのお題も多々ある。手がかりとなる情報は、お題としてお送りいただくメールのテキストだけだ。依頼者の一面、しかも他人である僕に見せることのできる、わずかな部分でしかない。そんなとき僕は、そのわずかな部分に自分を重ね合わせて、自分ならどんな言葉がほしいだろうか、ということを考える。相手の立場に立つというのも結局、立つのは自分なのだから、依頼者とまったく同じ痛みや不安を持つことはできない。でも、似た痛みや不安なら、自分のなかにあるかもしれない。それを探しながら数時間、ときには数日をかけて、何度もお題を読み返して一首をつくる。

普段、短歌をつくるときは、なるべく多くの読者、短歌に親しみのない方へも届くように、ノイズになりそうな表現を取り除き、僕の頭に浮かんでいる映像が、だれの頭にもぱっと浮かぶことを主に考えている。不特定多数の読者に向けて網を放つような感覚だ。けれど「あなたのための短歌1首」は網ではなく、両手で掬い上げる、あるいは銛で刺すような感覚でつくっている。その場合、ノイズでも心地よいならば、表現として残すし、お題でつながっているあなたと僕のふたりにしか浮かばない映像があるならば、それが他のだれかの頭には浮かびにくいものだとしても、残す。表現として広く届かなくても、深く届くならばそちらを優先する。不特定多数ではなく、たったひとりのあなたに向けて書く、ということを強く意識している。

そのようなつくり方をしているためか「これは私のための、私だけの短歌です」という感想をいただくことが多い。だからこそ、歌集にできるほどの歌数を集めるということは不可能なのではないかと思ったが、ふたを開けてみれば３００首以上の短歌が集まっていた。「私だけの短歌です。でも、だれかのための短歌にもなると思います」と、ありがたい言葉もいただいた。歌集の構成上、お送りいただいた短歌のうち、この本に収めることのできたもの、できなかったものがある。けれど、そこに差はない。僕はどの短歌にも注げる力のすべてを注いだという自負がありあり愛着がある。

この歌集のために短歌をお送りいただいたあなた、そして「私のための短歌だから」とお送りいただかなかったあなたへ。「あなたのための短歌1首」は、あなたがいなければ、あなたのお題がなければ生まれなかった短歌だ。その短歌を僕につくらせてくれて、大切にしてくれて、本当にありがとう。

木下龍也

本書は２０１７年から２０２１年にかけて、
木下龍也による短歌の個人販売「あなたのための短歌１首」で、
販売・制作された作品から１００首を収録しました。

書籍化に際して、短歌を依頼された皆様より、
多くの作品をご提供いただきました。重ねて感謝を申し上げます。

なお、お題は、本書収録にあたり、
依頼者の了解のもと一部を修正しました。
短歌は、修正を加えず、販売時のまま収録しています。

木下龍也（きのした・たつや）

1988年、山口県生まれ。歌人。2013年に第一歌集『つむじ風、ここにあります』、16年に第二歌集『きみを嫌いな奴はクズだよ』（ともに書肆侃侃房）を刊行。18年に岡野大嗣との共著歌集『玄関の覗き穴から差してくる光のように生まれたはずだ』、19年に谷川俊太郎と岡野大嗣との詩と短歌の連詩による共著『今日は誰にも愛されたかった』、20年に短歌入門書『天才による凡人のための短歌教室』（すべて小社）を刊行した。同じ池に二度落ちたことがある。

*

増刷を記念して、詩人の谷川俊太郎さんからお題をいただきました。
次のページをご覧ください。

あなたのための短歌集

初版第一刷発行　二〇二一年十一月十一日
第十四刷発行　二〇二四年十一月十一日

著　者　木下龍也
装　丁　名久井直子
組　版　小林正人（ＯＩＣＨＯＣ）
発行人　村井光男
発行所　株式会社ナナロク社
〒一四二-〇〇六四
東京都品川区旗の台四-六-二七
電　話　〇三-五七四九-四九七六
ＦＡＸ　〇三-五七四九-四九七七

印刷所　中央精版印刷株式会社

ISBN 978-4-86732-006-8 C0092

101

私は十八歳から詩を書き始めていつの間にか九十歳になってしまいました…
という人間を面白がらせる短歌が読みたいのです。

詩人 谷川俊太郎

言葉ってくすぐったいね靴下を脱いで芝生を歩くみたいに